CB033985

Henrique diz adeus

EDWARD T. WELCH
Organizador

JOE HOX
Ilustrador

O ouriço Henrique acordou com o som de sua irmãzinha, Sofia, lendo histórias para Mamãe e Papai — histórias com finais felizes. Henrique não se importava com finais felizes — não agora. Nada parecia feliz sem sua joaninha, Liz.

Ao se vestir para ir à escola, Henrique se lembrou da primeira vez que se encontrou com Liz.

Ele havia acabado de chegar da escola, quando viu uma asa pintada na porta. Liz sorriu, bateu suas asas e voou direto para a pata de Henrique. Naquele instante, eles se tornaram amigos.

No fim daquela tarde, Henrique
construiu uma linda casinha para Liz.

Dentro, ele colocou pulgões,
alface e mel. Ele também
acrescentou um percurso de
obstáculos e um túnel de voo.

Ele colocou a casinha na varanda, e Liz voou direto para dentro e
esvoaçou alegremente ao redor. Ela era a joaninha mais feliz da campina!

Vários dias depois, Henrique perguntou a Liz:
— Você gostaria de ir à escola comigo hoje?
Todos os meus amigos levam seus bichinhos de estimação, e então, se você for, poderá fazer novos amigos também!

— Você pode ir na minha mochila!

Liz vibrou suas asas como se dissesse sim.

Logo, Liz tinha todo um novo exército de amigos. Ela encontrou abelhas, borboletas, libélulas e até um louva-a-Deus! Todos os dias, no horário do recreio, os bichinhos de estimação superavam os outros realizando truques de voo.

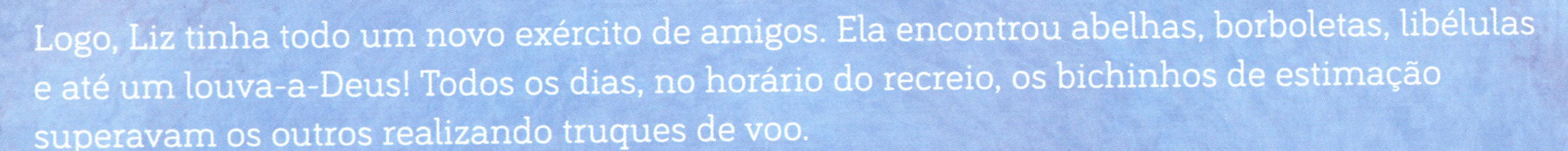

Eles voavam em círculos,
faziam revoadas
e competiam uns com os outros.

Eles tiveram momentos maravilhosos! No final do recreio, cada bichinho de estimação voltava até a mochila para uma soneca.

Mas, certo dia, Liz quis ficar fora de sua mochila.
Ela oscilou na beirada do bolso da mochila,
esperando pelo momento certo de escapar.

E assim aconteceu —
exatamente no meio da lição de
matemática da senhorita Marluce.

Liz saiu de sua mochila e foi para o ar.
Ela fez um show acrobático espetacular.

Liz girou ao redor da classe, criando linhas, círculos e espirais!
Ela fez até um voo do tipo cabeça de martelo.
Os outros bichinhos de estimação acordaram de suas sonecas e
espiaram para fora de suas mochilas.

Liz estava totalmente livre —
voando, fazendo círculos, planando.

Ela estava tendo o melhor
momento de sua vida —
isto é, até ela aterrissar
acidentalmente na cabeça
da senhorita Marluce!

A senhorita Marluce gritou, berrou e remexeu ao redor de traz para frente, até que finalmente pegou Liz em suas mãos.

Ela disse:
— Peguei você, Liz!

— Você conhece as regras: bichos de estimação ficam em suas mochilas nos horários de aula.

Embora Liz nunca mais tenha escapado durante a aula, todos sempre se lembravam do seu show espetacular.

Mas, um dia, Henrique observou que as pintas de Liz estavam desbotando e ela parecia cansada.

Mamãe disse:
— Nossa joaninha não está se sentindo bem hoje. Por que não a deixamos descansar? Eu ficarei de olho nela enquanto você estiver na escola.

Henrique sentiu muita falta de Liz naquele dia, especialmente no recreio, quando todos os outros bichinhos estavam brincando juntos.

Tão logo a escola terminou, Henrique correu para casa.

Quando viu o rosto da Mamãe, ele sabia que algo estava errado. Ela disse:

— Sinto muito, querido. As pintas de Liz continuaram a desbotar ao longo do dia. Nesta tarde, a nossa doce joaninha Liz morreu.

Ao ouvir as palavras da Mamãe, a garganta de Henrique inchou e seus olhos se encheram de lágrimas.
Seus espinhos se levantaram e eriçaram. Ele se sentiu com medo e sem palavras.
Ele estava chocado e ficou em silêncio.

Naquela noite, Henrique não quis jantar. Quando Mamãe e Papai lhe deram boa noite e fecharam a porta do seu quarto, ele se enrolou igual a uma bolinha espinhosa e chorou. Ele não entendia por que isso tinha que acontecer — por que com Liz e por que com ele. Ele se sentiu muito sozinho. Henrique não conseguia imaginar como seria o dia seguinte e como contaria aos seus amigos — sem falar em vê-los com seus bichinhos de estimação.

E, então, ele notou
o túnel de voo
de Liz no chão
e chorou até dormir.

Quanto mais Henrique pensava sobre o quanto sentia saudade de Liz, menos ele queria ir para a escola.

Ele não queria conversar com ninguém! Ele queria se enrolar como uma bolinha e se esconder.

Quando Mamãe disse que havia feito seu bolo de mirtilo favorito para o café da manhã, ele respondeu:
— Não estou com fome.
Quando ela disse:
— Você realmente deveria comer antes da escola — ele se apressou em direção à porta, esbarrando em Sofia e derrubando os blocos dela.

Ele não observou que Sofia também estava triste. Ela também amava Liz.

Naquele dia, Henrique estava muito quieto na escola.

Quando seus amigos o convidaram para brincar no recreio,
ele disse que não queria brincar e se sentou sozinho.

O amigo de Henrique, Diego, disse:
— Nós ficamos sabendo sobre a Liz e sentimos muito.
Mas Henrique só conseguia pensar nisto: que seus amigos ainda tinham
seus bichinhos de estimação. Ele os observava com suas brincadeiras e histórias.
Infelizmente, pensou ele, *Eu nunca mais terei uma nova história da Liz outra vez.*

Mais tarde, já durante a noite em casa, Papai disse:
— Henrique, podemos conversar?

Henrique disse:
— Eu não quero falar! Nada pode ser consertado.
Nada pode fazê-la voltar.

Papai disse:
— A separação daqueles que amamos
é dolorosa. Machuca. Algum dos seus
amigos já perdeu um bichinho de
estimação? Você conseguiu conversar
com eles hoje?

Henrique respondeu bem triste:
— Eu sou o único — e então
começou a chorar.

— Eu me lembro de quando meu bichinho, a aranha Sara, morreu. Eu fiquei muito nervoso e confuso — disse Papai.

— E então, o que você fez?

— O seu avô me incentivou a compartilhar meus sentimentos com Deus e com outros. Ele me lembrou de que está tudo bem se eu chorar e de que o povo de Deus, no Grande Livro, frequentemente chorava por causa das suas tristezas. O Grande Livro diz que Deus registra as nossas lágrimas.

— Aqui está um versículo para você colocar no seu bolso.
Papai lhe deu um pedacinho de papel e leu:

REGISTRA, TU MESMO, O MEU LAMENTO; RECOLHE AS MINHAS LÁGRIMAS EM TEU ODRE; ACASO NÃO ESTÃO ANOTADAS EM TEU LIVRO? SALMO 56.8

Papai continuou:
— Lembre-se de que Deus se importa com a sua tristeza e ele está tão perto de você que pode contar as suas lágrimas!
Henrique olhou para cima. Ele ainda chorava, mas já não se sentia tão sozinho.

Papai disse:
— Fico pensando se não seria bom lembrarmos da Liz com os seus amigos. Nós podemos convidá-los para compartilhar histórias e agradecer a Deus porque pudemos conhecer a Liz. Você acha que esse é um bom plano?

Henrique respondeu:
— Isso vai ser bom.

Quando Henrique convidou seus amigos, eles ficaram muito alegres! Eles amavam Liz e também amavam Henrique. Ele não se sentia mais tão chateado por eles ainda terem seus bichinhos de estimação. Ele estava agradecido por eles o visitarem para se lembrarem da Liz com ele.

Papai, Mamãe, Sofia e Henrique decoraram o quintal. Eles penduraram balões vermelhos e pretos e cobriram uma mesa com uma toalha vermelha de bolinhas pretas.

Sobre a mesa, eles colocaram fotos da Liz — em sua casinha, na grama e na escola.

Quando seus amigos chegaram, Papai disse:
— Obrigado por terem vindo para se lembrarem da Liz. Ela foi uma amiga e um bichinho de estimação maravilhoso, e nós estamos alegres por vocês estarem aqui. Henrique começará compartilhando algumas palavras. Por favor, sintam-se à vontade para compartilhar suas lembranças também.

Henrique começou:
— Liz foi um inseto especial. Desde o primeiro dia em que a encontrei, eu a amei. Com suas acrobacias aéreas e seus truques engraçados, ela sempre me fazia sorrir. Eu vou sentir muita falta dela. Sentirei falta de segurá-la, de rir dos truques dela e de ir para a escola com ela todos os dias.

Um por um,
os amigos de Henrique
compartilharam suas
próprias histórias.

Diego compartilhou sobre o voo épico de Liz na aula da senhorita Marluce.
Laura compartilhou sobre o dia em que Liz fugiu na hora do recreio.
E João compartilhou sobre a vez em que ela fez cócegas em seu pescoço com suas asas.

Papai terminou aquele momento dizendo:
— O Grande Livro diz que Deus está 'perto dos que têm o coração quebrantado e salva os de espírito abatido' (Sl 34.18).

— Eu sei, Henrique, que você está muito triste hoje, mas eu quero lhe dizer sobre um dia que virá quando não haverá mais lágrimas ou despedidas. Aquele dia será quando formos para o céu estar com Jesus. O Grande Livro diz que, naquele dia, Jesus enxugará toda lágrima dos nossos olhos. Não haverá mais morte, nem tristeza, nem choro ou dor. Todos que creem em Jesus e lhe pedem perdão estarão com ele para sempre. Nós sabemos que isso é verdade porque Jesus ressuscitou dos mortos e está vivo agora mesmo!

Papai distribuiu cartões com aquelas palavras do Grande Livro. Cada cartão tinha uma foto de Liz na frente.

Mamãe abraçou Henrique. Ela disse:
— Você sabe que todos nós sentimos falta da Liz. Eu sei que Sofia está triste também. O Grande Livro nos diz que Deus é o nosso Pai misericordioso e a fonte de toda consolação. Ele nos consola em todos os nossos problemas para que possamos consolar os outros.

E então Henrique se lembrou de sua irmã, Sofia. Ele se lembrou de como ela também amava Liz. Ela costumava cuidar de Liz quando Henrique tinha treinos de futebol. E ela sempre estava disposta a ajudar a limpar a casinha dela. Ele também se lembrou de ter esbarrado nela muito nervoso e de ter derrubado seus blocos. Ele nunca havia pensado em como ela também podia estar triste.

Henrique orou:
— Por favor, me ajude a ver outros que estão sofrendo. Ajude-me a consolá-los com a mesma consolação que estou recebendo.

E então ele viu Sofia na varanda,
construindo uma cidade de blocos.

Ele disse:
— Perdão por ter sido maldoso com você
quando eu estava triste sobre a Liz.

Sofia olhou para ele, sorriu e disse:
— Está tudo bem, Henrique,
eu sei que você estava chateado.
Você quer me ajudar a construir?

Ajudando seu filho quando ele estiver triste

Nós detestamos ver os nossos filhos tristes, mas também sabemos que muitas tristezas virão, então agora é uma rica oportunidade de ajudar os nossos filhos a crescer em meio ao sofrimento. Muitos de nós desejariam ter tido a mesma oportunidade, quando eram mais jovens, de aprender sobre como Jesus nos ajuda em nossa tristeza.

Henrique experimentou perda. Nesta história, ele perdeu uma joaninha que era o seu bichinho de estimação, mas a perda poderia ter sido de uma amiga, um parente, um brinquedo precioso ou, até mesmo, um cobertorzinho que tem servido de consolo durante toda a vida. Desgosto e tristeza são as nossas reações naturais quando perdemos algo importante. Aqui estão algumas verdades bíblicas para compartilhar ao conversar com seu filho sobre uma perda.

1. **O Senhor nunca minimiza a nossa perda e o nosso sofrimento.** Deus nunca nos diz que a nossa tristeza não é importante. Ao mesmo tempo que é verdadeiro o fato de, às vezes, amarmos mais as coisas da terra do que amamos a Jesus, você simplesmente não encontrará qualquer parte na Escritura que minimize uma perda. O Senhor não ajusta sua compaixão com base no valor de mercado das coisas, como se brinquedos de plástico recebessem 20 por cento de sua compaixão e consolo; pequenos bichinhos de estimação, 40 por cento; bichos de estimação maiores, 60 por cento, e membros da família, 100 por cento. Sua compaixão não tem base nos méritos do item perdido, mas em seu amor pela pessoa que sofre. O Salmo 10.14 diz: "Mas tu enxergas o sofrimento e a dor; observa-os para tomá-los em tuas mãos. A vítima deles entrega-se a ti; tu és o protetor do órfão"

2. **Fale sobre a sua própria tristeza, convide o seu filho a falar e seja paciente.** Você fica sentido quando seu filho perde algo porque você o ama. E, uma vez que a dor deve ser expressada, você comunicará a sua dor com palavras. É assim que os relacionamentos funcionam na família de Deus. Nós falamos do nosso sofrimento para ele, e falamos desse sofrimento para aqueles que amamos e que nos amam. São muitos os Salmos que nos ensinam como falar dos nossos problemas para o Senhor em vez de mantê-los para nós mesmos. "Confie nele em todos os momentos, ó povo; derrame diante dele o coração; pois ele é o nosso refúgio" (Sl 62.8).

   As crianças podem precisar de tempo antes que possam falar sobre seus sentimentos. No começo, a dor pode parecer muito solitária – parece que ninguém poderá entender. As palavras parecem falhar. Mas seja paciente. Provavelmente você pode se lembrar de quando queria estar sozinho em sua dor, pelo menos por um pouquinho. Durante o processo, como os Salmos, fale algumas poucas palavras que possam ajudar o seu filho a encontrar palavras para o turbilhão de sentimentos internos.

3. **Por quê?** Uma criancinha pode não fazer essa pergunta, mas crianças maiores fazem, e você provavelmente faz. Existem muitas maneiras de responder a ela, porém, nenhuma resposta satisfará plenamente. É melhor reformular a pergunta para uma que seja até mais importante: "Deus se importa?". Agora nós chegamos realmente ao coração da resposta de Deus para o

sofrimento. Lembre o seu filho das seguintes verdades (e a você mesmo também).

4 **Deus está perto.** Ele não é um rei distante que ouve relatórios dos seus embaixadores. Ele é quem vem pessoalmente para perto de nós pelo seu Espírito. Lembre o seu filho destas promessas:

> *"Nunca o deixarei, nunca o abandonarei." (Hb 13.5)*

> *"O Senhor está perto dos que têm o coração quebrantado e salva os de espírito abatido." (Sl 34.18)*

Deus ouve e lembra. Sua grandeza é tanta que ele está atento a cada ovelha individualmente e, aquilo que ele ouve, ele lembra. "Registra, tu mesmo, o meu lamento; recolhe as minhas lágrimas em teu odre; acaso não estão anotadas em teu livro?" (Sl 56.8). Esse versículo é um pedido, mas é um pedido com base na promessa de Deus de que ele ouve e lembra. As nossas próprias lágrimas são colocadas nos registros reais, nunca apagadas da atenção do Rei. Ele se lembrará muito depois de o sofrimento ter sido extinto.

Deus consola. Adultos podem estar próximos. Eles podem ouvir e lembrar, mas não têm o poder, necessariamente, de fazer tanto. Contudo, Deus age. Quando ele ouve, ele está fazendo algo. Quando ele lembra, ele está ocupado em nosso favor. É o próprio Jesus que consolará. Ele é aquele que conhece o sofrimento. Ele é o Deus de compaixão e misericórdia (Êx 34.6). Ele é o Cordeiro que trata da nossa aflição. "Pois o Cordeiro que está no centro do trono será o seu Pastor; ele os guiará às fontes de água viva. E Deus enxugará dos seus olhos toda lágrima" (Ap 7.17). Esse é o retrato do futuro celestial para todos os que confiam em Jesus. Mas, neste exato momento, Jesus está unindo céu e terra em si mesmo, de tal forma que podemos esperar características do céu hoje. Com isso em mente, mantenha o olhar em como e quando Jesus enxuga nossas lágrimas. O retrato é lindo — Jesus está perto, ouvindo, cheio de compaixão — tão próximo que toca e enxuga lágrimas de uma maneira que alivia as dores da perda. Tudo isso é resultado de como ele perdoou o nosso pecado em sua morte, e nós, em resposta, dissemos: "Obrigado" e colocamos nossa confiança nele. Agora não há nada que possa nos separar dele. Lembre o seu filho dessa grande verdade. Convide-o a confiar em Jesus. Permita que seu filho veja você vivendo uma vida de confiança em Jesus enquanto enfrenta as suas próprias perdas.

5 **Nós consolamos.** Ao irem diminuindo as lágrimas e as crianças forem conhecendo um pouco mais sobre o consolo de Deus, eles terão uma apreciação crescente por outras pessoas que estão tristes e em sofrimento. Agora eles podem fazer algo. Eles podem expressar seu pesar pela perda de outra pessoa. Eles podem lembrar outros do consolo de Deus, assim como Henrique fez com Sofia no final do livro. Paulo coloca desta forma: "Bendito seja o Deus e Pai de nosso Senhor Jesus Cristo, Pai das misericórdias e Deus de toda consolação, que nos consola em todas as nossas tribulações, para que, com a consolação que recebemos de Deus, possamos consolar os que estão passando por tribulações. Pois assim como os sofrimentos de Cristo transbordam sobre nós, também por meio de Cristo transborda a nossa consolação" (2Co 1.3-5).

6 **Mantenha o céu em vista.** Quando confiamos em Jesus e pedimos perdão pelos nossos pecados, temos um vislumbre do céu. Haverá um dia quando tristeza, choro e morte terminarão. É assim que a Bíblia descreve esse dia: "Ouvi uma forte voz que vinha do trono e dizia: 'Agora o tabernáculo de Deus está com os homens, com os quais ele viverá. Eles serão os seus povos, o próprio Deus estará com eles e será o seu Deus. Ele enxugará dos seus olhos toda lágrima. Não haverá mais morte, nem tristeza, nem choro, nem dor, pois a antiga ordem já passou'. Aquele que estava assentado no trono disse: 'Estou fazendo novas todas as coisas!'" (Ap 21:3-5). Enquanto você caminha com seus filhos em meio à tristeza e à perda, mantenha o céu em vista e lembrem-se juntos de que virá um dia quando não haverá mais lágrimas ou tristeza. Compartilhe o evangelho com seus filhos e convide-os a não seguirem seus próprios caminhos, mas a colocarem sua confiança em Jesus. Então, mesmo em tenra infância, eles poderão se tornar embaixadores que oram e se importam com os outros. Até mesmo as crianças podem provar algo dos sofrimentos de Jesus, participar do seu consolo e compartilhar da esperança do céu e das Boas-novas de Jesus com seus amigos.

H519 Henrique diz adeus : quando você estiver triste / Edward T. Welch, organizador ; Joe Hox, ilustrador ; [tradução: Meire Santos]. – São Paulo, SP: Fiel, 2021.
1 volume (não paginado): il. color.
Tradução de: Henry says good-bye : when you are sad.
ISBN 9786557230886 (brochura)
9786557230879 (epub)
1. Tristeza em crianças – Aspectos religiosos – Cristianismo – Ficção infantojuvenil. 2. Luto em crianças – Aspectos religiosos – Cristianismo – Ficção infantojuvenil. 3. Crianças – Conduta – Ficção infantojuvenil. I. Welch, Edward T., 1953-, organizador. II. Hox, Joe, ilustrador.
CDD: 248.82

Catalogação na publicação: Mariana C. de Melo Pedrosa – CRB07/6477

Criação da história por Jocelyn Flenders, uma mãe que faz ensino domiciliar, escritora e editora que mora no subúrbio da Filadélfia. Formada no Lancaster Bible College, com experiência em estudos interculturais e aconselhamento, a série "Boas-novas para os coraçõezinhos" é sua primeira obra publicada para crianças.

Henrique diz adeus: quando você estiver triste

Traduzido do original em inglês
Henry says good-bye: when you are sad

Copyright do texto ©2019 por Edward Welch
Copyright da ilustração ©2019 por New Growth Press

Publicado originalmente por
New Growth Press, Greensboro, NC 27404, USA

Copyright © 2019 Editora Fiel
Primeira edição em português: 2021

Todos os direitos em língua portuguesa reservados por Editora Fiel da Missão Evangélica Literária.
Proibida a reprodução deste livro por quaisquer meios sem a permissão escrita dos editores, salvo em breves citações, com indicação da fonte.

Todas as citações bíblicas foram retiradas da Nova Versão Internacional (NVI)

Diretor: Tiago J Santos Filho
Editor Chefe: Tiago J Santos Filho
Supervisor Editorial: Vinicius Musselman
Editora: Renata do Espírito Santo
Coordenação Editorial: Gisele Lemes
Tradução: Meire Santos
Revisão: Renata do Espírito Santo
Adaptação Diagramação e Capa: Rubner Durais
Design e composição tipográfica capa/interior: Trish Mahoney
Ilustração: Joe Hox
ISBN impresso: 978-65-5723-088-6
ISBN eBook: 978-65-5723-087-9

Esta obra foi composta em Bariol Serif Regular 13,0, e impressa na Promove Artes Gráficas sobre o papel Couchê Fosco 150g/m², para Editora Fiel, em Abril de 2024

Caixa Postal 1601
CEP: 12230-971
São José dos Campos, SP
PABX: (12) 3919-9999
www.editorafiel.com.br